梟の歌

秋山基夫

七月堂

梟の歌

秋山基夫

七月堂

友だち

桜の枝にランタンをつるし
輪になってお酒を飲んで
この明るさを歓びあおう
どうせ暗い道を散っていく

この世

向うからやってくる人がいる
近づきお辞儀をしてすれちがう
たぶんこれがおこりうるすべてだ
空に大きな星がでている

月光

月光が竹林に射すと
歩く人が透きとおる
足音が遠くに去って
風が一つ吹きすぎる

雪

夢を見ている人の
夢の中に雪がふりこんで
遠くに窓の灯りが見える
たどりつくと誰もいない

生活

夕やみが地面におりてくる
懐かしい湿ったにおいがたちこめる
五千年まえにもこのように夜はきた
疲れたこころを抱くために

勤め人

ご近所のとらさんがきて
将棋で三番も泣かせてやると
休日はもう夜だった
サルがシンバルを叩いている

恋

アバラ肉の燻製を指でむしってたべる
さかなの白い身がゼラチンの中でゆれる
ワインもおいしかった
夜の中の夜

くらしき

古い町並みに午後の陽が斜めに射しこみ
みがいた格子が光りのれんが明るくなる
コルトレーンが軒をつたって空に消える
自転車も人ものびして通りすぎていく

徒然

梅が過ぎ桜も桃も散り
連翹も躑躅もしぼんで
皐月も腐ってしまって
緑色の雨が降りつづく

春の鬼

春の一日が暮れていく
草にころがりうす目をひらく
闇の鬼がおおいかぶさってくる
腕から花びらが散ってくる

あばらや

うでをさしのべだきよせて
あなたのかみのにおいをかぐと
すだれをとおしてかぜがくる
あおくさはらのあばらや

待っ

虫の音を聞きながらねむった
待つことに疲れはてねむった
夜通し遠くで鈴がなっていた
空がしらむと草の色がみえた

団地の部屋

三日月型の三日月が浮かぶ
団地の上のまだうすい青い空
秋の地球がゆっくりうごき
灯のついた部屋の列が傾く

団地のベランダ

ほの白い半輪の月が浮かぶ
まだうす青い空にむかって
団地の坂道をのぼっていく
ベランダには誰の顔もない

きょうも

おばあさんは欲にとりつかれ
おじいさんは酒によいつぶれ
子らはとっくに遠くへ去って
お人形さんがタンスでダンス

うつつ

遅れてやってきてすぐに去っていく
誰も夢の長さほどにはとどまれない
赤い花が見える　春の歌が聞こえる
わたしはどなたの夢のつづきなのか

すすき

月が昇ってふらふら歩く
霧が晴れてあかるい川面
風が吹いてさざ波が渡る
芒の穂がはらりとたれる

穴

大きな穴に足から落ちて
どこまでも落ちつづける
夢の中のできごとだから
わたしが大きな穴だから

音

部屋に音がつまっていて
白い体が寝そべっていて
一日がすぎ一生がすぎて
窓も部屋も音も消えさる

やくどころ

風の吹く日に逃げだした
回転椅子が回って転がり
紙切れが床に舞い落ちる
千年の留守がすぐ過ぎる

決意

すべてを失ってもいい
大好きな人とひきかえなら
流れさる川に沈んでもいい
水の底に月はなくても

凧

ゆれながら地上が遠く小さくなっていく
わたしの糸が誰かの手を離れてしまった
下界の万物が生まれる前の世界のように
わき上がる白い雲の下に見えなくなった

夜の窓

死んだ自分の顔を見るように
ガラスの外の闇をのぞきこむ
霊鬼のように木が立っている
天空から細い光が落ちてくる

別れ

名残の夜明け
空には白い月
地には白い道
赤いスカーフ

J

Jの字からかなしい手紙がとどいた
Jの足は曲がったナイフのように曲げられた
Jの頭はジャックの豆の木の芽のように切られた
Jはまだ若いのだ

幻視

日本書紀を貫いてハレー彗星が飛ぶ
白樫の山林の奥へ細い眼の男が走る
夕べの鐘が都大路に音の網を広げる
首は前に折れて綱につながれている

運命

ギャラクシーコンサートの夕べ
母の運命が乙女座にかさなった
銅鑼を打て　出発だ　旗を振れ
渦巻く星雲　赤黒い穴の彼方へ

無限

急速大回転する同心円の中心に
吸いこまれる一個の生の目玉に
森羅万象が魚眼的に映っている
世界は表が1なら裏が0である

出現

幸運が東西南北の門扉を閉じる
風は吹いてこず天地は動かない
中心がつぎつぎに位置を変える
暗箱からのっぺら坊が現われる

流浪

故郷を離れて三年目　懐かしい
便りが届く　どこまでいくのか
いまここ　三年先の返事をする
はかない世に六年間の仮住まい

爾後

灰がうっすらと積んでいる
パンも林檎もない
食べる人もいない
光も留守だ

必死

距離が縮まる
槍の穂先から
へその穴まで
一万分の一秒

夜の一瞥

懐中電灯の光の輪の中に
緑の瓶の欠けらが散乱し
臭いドクダミの葉の奥に
蛇が尻尾を残して消える

反逆連隊

夏草の密林をアリの一列縦隊が進む
一万匹が二万本のシャベルを捧げて
緑色の液体太りの芋虫王を倒すのだ
臭い奴を永久に土に埋めてやるのだ

むかしむかし

青鬼が青ざめて帰ってきました
赤鬼がまっ赤になって走ってきました
何事ぞ　桃太郎でも攻めてきたのですか
恐怖の毛が全身に生えてきました

夜

雨が通り過ぎると
夜は月光でいっぱいになる
孟宗竹の林を風が走ると
金色のしずくがふりそそぐ

風

大きな木の下を風が吹きぬけて
大きな木の下で子供らがさわぐ
大きな木の下を枯れ葉が舞って
大きな木の下に言葉が散らばる

朝顔

わたしは土から生えた二枚の葉っぱでした
朝日が射すたびにたくさんの葉っぱになり
ぐんぐんのびてとうとう雲の上までのびて
朝日にむかってしぼむ花をさしだしました

街

雨が音をひきあげて去る
深夜の街は無量の月光に照らされる
高層ビルは垂直の黒いサーチライト
歩道に小さい人が立っている

手をふって

歩く路に白い花が咲き
風が吹くと心がさわぐ
手をふる人が遠くなり
空はしばらく青いまま

Kの誕生日に

もうひとつもうひとつと思って生きてきた
せいぜい気の持ちようかもしれないけれど
乾杯のための肝臓はたったひとつしかない
四十歳　まだ夢のつづきだ！

またKの誕生日に

すぐそこに二三歩ゆけばあるように思えた
古いドアをでると新しいドアがあるはずだ
新しい世界と明るい部屋があるはずだった
目覚めると四十歳だなんて！

老人

老人がベンチに坐っている
朝には花と歌　夜は星と恋
長い夢を見ていただけです
雨に落葉が濡れただけです

病院 1

午後おそく傘をさして外出する
ラーメンの臭いが軒にこもっている
きょうで雨は三日だ
病院の高い窓が閉まったままだ

病院2

松林の梢に白い波が踊っている
酔いのようにむかしの恋が見える
きょうで雨は三日だ
枕の上の顔がひらたくなって笑う

病院3

女を背負って川を渡る話を思い出す
球根を一万個植えることを考える
きょうで雨は三日だ
足がもうだらしなくのびたままだ

病院4

空から女の髪の毛がびっしり垂れる
しゃべらない人は目を開いて見ている
きょうで雨は三日だ
もう一度夏がくるといいですね

病院 5

天井から金色の光がこぼれる
わたしは目を開き立ちあがる
雨があがった
窓をあけ紙飛行機を飛ばした

桃下

夜は桃の木の下に坐る
朝日が昇り顔を照らす
丘に白旗がひらひらし
水の音が聞こえてくる

夏の記憶

太陽が海面を熱くする
ボートは水平線を越え
赤いブイが波に揺れる
少年らは叫びつづける

月光が斜めに

木の葉が無尽蔵にふってくる
月光の帯が斜めにさしこんで
わたしの体が透けてしまって
こころなどというものもない

迷路

洞窟は曲がりくねり
どんどん誘いこまれ
冷気に顔が白くなり
口から闇があふれる

西脇順三郎の死の知らせを聞いて

わが偉大なる詩人よ
わたしはあなたの二万行とともに歩き
きょう小さな虹がでていない空の下に
誰もいない窓が開けてあるのを見ました

ケネス・レクスロスの死の知らせをきいて

わが偉大なる詩人よ
わたしはあなたの一行によって立ち
きょうホホ—ホホーとも鳥が鳴かない夜の底に
だれもいない川原に月が照るのを見ました

攻撃

長い休暇が終った
わが敵よ　怠惰なくそ虫め
攻撃のギザギザのコトバだぞ
カメレオンの青い舌みたいにのびていくぞ

比喩

竹製の孫の手のように老人の背中をかく舌
真鍮の匙のように皿の縁をチンと鳴らす舌
貝杓子のようにお粥をうまくすくいとる舌
ホームベースのように大威張りの巨大な舌

蝦蟇の里

ここらあたりは田舎だぞ
紅葉があるのに雪が散る
強欲野卑の大口蝦蟇めが
フンドシゆるめ肘を張る

惨事の前

大きな音でビックラさせるでない
髭を生やしても怖がらないからね
石頭と西瓜をパックリ割ってから
下駄履き連句でもやりにおいでよ

一本の線

一本の線をひく
指で　エンピツで　銃口で
こちらが味方　むこうは敵だ
あなたは何で線をひくか

流血

血の服を着て血の食事をして血の家に住みつき
みんな黒い輪になって何をしゃべっているのか
鉄の圧力が加わり表皮が破れ青色が見えている
樹木の列がつぎつぎに炎をあげねじれて裂ける

怒り

吹く風の中に失われたいのに
歩きつづけて足から血が流れ
触るから手の指も血だらけだ
絞め殺すぞ臭いイボガエルめ

戦争

未来はまだあなたのものではないだろう
あなたが受け取るのはたぶん包帯だけだ
この世のシーンはまだベルリン・東京だ
瓦礫の縁で火がちょろちょろ燃えている

デザイン

戦いの長い道の終わりに
一本の白い旗を立てよう
いたずら好きを招待し
へのへのもへじを描いてもらおう

ゆめの半ば

〈われ人生の半ばにして……

とダンテは地獄へ下っていったのでした
もともと地獄に生れた者は　さてさて
ゆめの半ばで目が覚めて　狂うくらいか

啄木を思って

幻滅ではじまる人生がリアリストのものなら
人はリアリストとして死ぬほかない
目は自分の手を見よ
砂粒がすべり落ちる音がつづく

浮名

腐ったものが美しいものであったとき
ベン・シャーンは怒りによってそれを示した
腐った浪漫派連中は腐った果物を嗅いで
身勝手な浮名に浮かんだ

ヒョウタンナマズ

聖なるヒョウタンと偉大なナマズめが
わたしの卑俗な魂とちっぽけな人生に
救いと慰めのお言葉をおかけくださる
わたしは折れた棒きれにすぎないのに

美

美は海の底から泡立って
ひかりの中に生まれでる
どこですりかわったのか
バロック真珠と虫歯一本

エバン・パーカー&バリー・ガイのライブを聞いて

フリー・インプロビゼーションを可能にする
ものは記憶と技術しかしそれはそれこれはこれだ
構造は明瞭しかし聞こえつづけたのは音だけだ
日暮れの表通りにはまる見えの時代があった

道

吟遊詩人が歩いた道は崖と石と砂と泥
風に吹かれて　のどがひりひりして
ホーマーが歩き琵琶法師が歩きバウルが歩き
現代詩人には軽いドリンクがよく似合う

詩人

見るならすべてを見たい
聞くならすべてを聞きたい
わたしは神様みたいに欲ばりだ
夕焼けくらいの嘘もつく

わたし

だれかわたしを知る者はいないか
どこで生まれてどこから来たのか
とほうにくれて皆さまの前に立ち
ペラペラしゃべるわたしは何者か

かれ

だれかかれを知る者はいないのか
どこから来たのかどこへ行くのか
皆さまの前に立ちしゃべり散らす
大嘘つきでなかったら何者なんだ

おまえ

ほんとうのことを語ろうとするな
ほんとうのことをおまえは忘れた
おまえが語ってどうするつもりだ
おまえはもともとすっからかんだ

語呂合わせ

舞姫よ　ラメ着て踊れ　鷗のように
一夜の雨に染められ　夢に責められ
惨めな雀の　しののめの羽交い絞め
爪の割れ目に　豆詰められて百年目

アリバイ

調子のいいことを言うな
口から出まかせを言うな
これだけは覚えておけよ
きみにもアリバイはない

かなしみ・一九八九年夏

病院に近づくと雨は土砂降りになった
あなたは喘ぎのあいだにまだ第九を歌っていた
お別れの会には行かなかった
暗くなってひとりで酒をのんだ

かなしみ・一九八九年秋

愛のエゴなんて難しい名前になって
あなたは人生をまるごと板の上に載せていた
あなたの最後のセリフは神様だけが聞いた
きょうは白い雲が浮いているだけです

かなしみ・一九九〇年秋

知らせをきいて同じ名前のどなたかと惑い
あなたの顔が最後にきた
弔辞は礼にかない挨拶ははっきり聞こえた
わたしは乱雑だった

かなしみ・一九九一年春

雑草を貼りつけた画用紙を何かのお祝いにくれた
ピアノのキーをぱらぱら叩いて何かの音を出した
あなたはいつも何かをさしだしていたんだ
いまは飛行機にも乗らずに空にいるのだろうか

夜がくる

夜がわたしの部屋にやってくる
死を連れてどかどかやってくる
闇が洪水のようにふくれあがる
正座の姿勢でわたしはおぼれる

あいさつ

その人は笑って
椅子から起ちあがり
笑った顔のまま消えて
椅子だけがある

逝く者

空の光が薄れ
去る者は声も残さない
川岸に立ちただ立ちつくし水を見る
〈逝く者はかくのごときか〉*

*「論語」

夜から夜へ

大風が大海原を吹きわたり
小舟は波にたたきつけられ
日に日に夜は闇を深くする
去り行く者よ去り行く者よ

大きな猫

濃い緑の葉っぱを茂らせる椿の木の下に
でかい茶色猫の馬鹿でかい顔を見つける
奴めはまだ発見されたことに自覚がない
わたしは奴めが去っていくまで見ている

灰色の猫

小作りの灰色の猫さんが毎日やってくる
菜園のはずれで食べ物に小さい舌を出し
つぎに軒下の乾いた砂地にうんこをする
それから伸びをしてどこかへ去っていく

空行く舟

空行く舟は朱《あけ》の舟
星の海図に導かれ
青い刺青のセーラーたちが
息を合わせて櫂を漕ぐ

シリウス幻想

氷のブロックを積み上げて監視塔を造り
細長いネイビーブルーの三角旗を掲げて
三百六十度暗く輝く氷原を見張っていた
天空低く音もなく白色巨星が動いていた

デリフィニュームの青い花

ノヴァーリスの後姿を追いつづけ
青年は永遠の夜へと入っていった
朝の光が老人の額に射すと
廃園のいたるところに青い花

永遠なんて

夜がくる今日もくる樹木は茂り窓は暗い
風は強まり鳥は騒ぐ夢想は潰れ人は去る
星座は薄れ海は遠く薔薇は萎れ心は凋む
永遠なんて気の迷い今日もくる夜がくる

カモメ

岬の空に舞うカモメさん
壊れたわたしの心を突っついて
遠くの海に捨ててください
冷たい月が出ているでしょう

さくら

お酒を飲んで堤を行くと
花吹雪で目がゆらゆらします
こどもらの声はとっくに遠い
水が流れ夕日が落ちていく

詩 1

陽が昇り木々の枝で鳥が鳴く
薔薇の花が輝きそうして凋む
人は去り物語も尽きてしまう
すると詩が現れる星のように

詩 2

窓辺に身を寄せて夜を迎える
時は過ぎ往きさらに過ぎ逝く
知友は旅立ちもどってこない
詩が白い亡霊のように訪れる

詩 3

詩はどこにあるかと問う人よ
身辺を探してもそこにはない
本をめくってもそこにもない
詩は世界の余白に潜んでいる

詩4

詩を作る人は夜も眠りません
街を走り空を飛びまわります
疲れはてて倒れてしまいます
世界にはもっと詩が必要です

無人

蛇苺や茨のつるを分けて
むかしの石切り場へ登る
巨大な光が反射している
地球の肌が露出している

石切り場

石の壁に野茨の花が咲く
石のくぼみは水の棲みか
石のわれめは風の棲みか
石のおもては光の棲みか

空

朝日が射して
白い山が光る
目は限りない
青さをさ迷う

夜

日暮れの渚に
波の音を聞く
時は限りない
梟は森に帰る

あとがき

——四行詩についての若干の考察

四行詩一〇〇篇をまとめた。四行詩という名称は、一篇が四行によって構成されるという程度でそう呼ぶので、一般的ではないかもしれない。カトランと呼ぶ詩人もいる。定型詩とは何かについて、現在一般的な同意はない。わたしは定型詩についてようやくある程度の理解ができるようになり、その理解のおよぶ範囲内での定型詩、あるいはそれを志向する詩の一つとしてこの詩集の詩を書くことができた。一九七〇年代から四行詩を書いていたが、長い詩を朗読する前に短い詩を一〇篇ほど朗読したらどうだろうという思いつきで始めたことだった。一九九二年、詩集『ルーティン』を出した時、友人たちが祝う会を開いてくれ、その記念品として文庫本サイズの詩集を少部数作ることになった。表紙は、高原洋一氏が版画を発行部数分刷ってくれ、それをそのまま用いた。あちこちに散発的に発表していた四行詩七〇篇をかき集め、急いで一〇篇を書き加えなんとか一冊としての格好をつけた。これが『桜の枝に』だ。愉快な会が終って、直後から内容の不完全さが気がかりになったのだが、ようやく一定の考えにしたがってこれを検討できるところまで来た。昨年末から所収のすべての詩の検討を始めた。わずかの加筆で済む詩もいくらかはあったが、大多数には内容表現共に大幅な改変を加えた。その結果まったく原形をとどめなくなった詩も少なくない。全体的に一行の長さが短くなった。多数の詩は四行の長さをそろえた。また詩の大部分には題がなかったが、すべてに題をつけた。何篇かは収載の位置を変更した。さらに一冊の詩集としては中途で終わった観があった構成を、末尾に二〇篇を新たに書き加えてより整ったものにした。ここに『梟の歌』と名づけ、新しい詩集として刊行する。

本詩集所収の詩の言語表現は、ほぼ一定の幅の抽象度においてなされている。一篇が四行だけで完結するのだから、一行の長さはある程度の幅に限定されるだろう。ある行がその詩においてぜひともそのような長さにしなければならない何か特別の理由がないかぎりその行の長さにはやはり限度があるだろう。たとえばその何らかの理由をその詩自体が主張するような詩、あるいは具体的、現実描写的表現の詩の断片としての四行などの場合を除けば、このように考えていいだろう。四行詩においては一般的には一行の長さはある程度の幅に収まる。四行詩の言語量はかなり少ないのだ。言語量が少ない表現はその抽象度が高くなるのが必然だ。これは叙事詩などをのぞけば詩一般の性質だが、四行詩ではぜひ確認しておくべきことだ。

日本語の音（詩の場合、「音節」より「モーラ（拍）」という単位のほうが実際的かもしれない）の種類は一〇〇余りある。アイウエオ表を書いてみればすぐにわかる。清音、濁音、半濁音、拗音（きゃ・きゅ・きょなど）、これらは母音で終わる。その母音はのばして発音できる。これに加えて、促音（小さい「っ」）と撥音（ん）があり、これらは子音で、のばして発音できない。以上に加えて長音（「ー」）がある。清音、濁音、半濁音、促音、撥音はすべて仮名一字で表記できる。拗音は普通の仮名に小さい仮名をつづけて表記する。（仮名表記で小さい文字を使うようになったのは古いことではない。）長音は「ー」記号を用いる。文字言語の場合、一行に何音あるかは、仮名で数えればすぐわかる。ただし拗音は仮名が一つ多い。仮名漢字混じりの表記の場合は、一行の音数がそろっているかどうか、どれくらい増加しているかはその都度決まる。つまり文字表記として行の長さがそろっていても音数がそろっていないのだから、そろえるということ自体がおかしなことになるかもしれない。

逆から考えてみよう。行の長さがそろっていない場合について考えてみよう。発声すなわち声に出したら、長音だけでなく、いくらか長くなる個所がでてくるかもしれない。また休止は行末にあるが、これに加えて、行の途中の、それが一字あきで表記されていない個所でも休止することがあるかもしれない。これらを条件として、四行詩の一行の長さを考えた。日本語は四拍子であるから、八音くらいを一つの単位とし、それが二つまでと考える。もちろんこれは目安であり、実際はさらに短い行も長い行も例外でなく出現する。念を押して言うが、以上は文字の数を問題にするのでなく、発声してそれがどうなのかで考えている。折口信夫は、上代の歌謡が、五音、七音ではなく不揃いであることについて、黙読されたものではなく朗誦されたものだから、問題ではないと言っている。上代歌謡は未発達などという見方に縛られるべきではない。「和漢朗詠集」をみると、朗詠にあっては短歌一首が七言二句に相当していたことを推定させる。現在においても、口から出し耳で聞いてどうなのかという観点に立つべきだろう。四行詩において行の長さが、文字の面でそろっていることは、ちょっとした美的工夫以上ではないかもしれない。（発声する場合、休止や長音化に加えて、緩急、強弱、高低、大小、あるいは抑揚、あるいはアクセントなどの差異性がある。しかしこれらを拡張して利用するのは、たとえば演説、演劇、歌唱などに属することだ。詩は禁欲的であるべきだ。詩人が自分の詩を朗読する場合、率直であればそれでいい。もう一つ補足する。現在、詩は音読しないで黙読する場合が多いが、その場合も頭の中の音を意識化できるし、また発声器官も疑似的に動いている。）

定型詩の定義を考えてみた。

定型詩とは、行（各行の構成）、連（各連を構成する行の数・連の中での各行の相互関係）、修辞（比喩など各種修辞法・各行、各連の構成に関係する韻とリズム）、文体（文語文、口語文、書き言葉、話し言葉、共通語、方言、男性語、女性語、職業語、散文、韻文など）、これらなどについて一定の規則をもつ詩の形式である。

補足すれば、修辞法としては、繰り返しが重要である。繰り返しが詩の形式を生み出す大きな条件であり、あるいは詩そのものを生み出すのではないか、とも思う。

繰り返しが、語順、句構成、文構成において形式的に一対になるように整備されたものが対句だ。漢詩などの対句は整然としている。これは中国語は孤立語だから一語を一字で表すことができるからだろう。日本語は膠着語と呼ばれる助動詞や助詞が後ろにくっついていく言語だから、たとえば「平家物語」の冒頭部の対句のようにぴったり左右がそろうとはかぎらない。また押韻も繰り返しであることに留意しよう。

四行詩は普遍的な詩の形式ではないだろうか。古代ギリシャ以来ヨーロッパでは広く行われた。ウマル・ハイヤームの「ルバイヤート」、この言葉は、四行詩の複数形で、四行詩詩集という意味だという。漢詩の絶句は、四句よりなり、一句は五字または七字からなり、それぞれ五言絶句、七言絶句という。平仄、押韻、対句の規則がある。四つの句は、起句・承句・転句・結句といい、その名のとおりに、詩が展開する。わが国では「梁塵秘抄」などに四行の詩があり、近世俚謡調（七七七五、都都逸、民謡）も四行だ。現代詩では、三好達治、中村真一郎、衣更着信、入澤康夫、飯島耕一らが作っている。四行がどう展開するかについては、いまは絶句を踏襲する必要はない。起結起結でも記承承承でもその詩次第でいいだろう。

言うまでもないが、自由詩において、一行が終る瞬間、次の行へ移る瞬間の目もくらむような自由のただなかで心が震えない詩人はいないだろう。しかし定型詩においても、行から行への展開において同じことが起こらないのではないし、さらに言えば、作者と読者とを一つの抽象的な時間幻想の中に導き入れることがあるかもしれない。これは一つの希望である。

秋山基夫（あきやま もとお）

詩　集　『旅のオーオー』（思潮社・一九六五年）『カタログ・現物』（かわら版）『窓』（れんが書房新社）
『ルーティン』（百水社）『二重予約の旅』（思潮社）『十三人』（思潮社・第一回中四国詩人賞）
『家庭生活』（思潮社・第十六回富田砕花賞）『岡山詩集』（和光出版）『二十八星宿』（和光出版）
『オカルト』（思潮社）『薔薇』（思潮社）『月光浮遊抄』（思潮社）『シリウス文書』（思潮社）な
ど二〇冊
長編詩　『夢ふたたび』（手帖舎）『宇津の山辺』（和光出版）『ひな』（ペーパーバック）
詩選集　『秋山基夫詩集』（思潮社・現代詩文庫）『キリンの立ち方』（山陽新聞社）『神様と夕焼け』
（和光出版）
評論集　『詩行論』（思潮社）『引用詩論』（思潮社）『文学史の人々』（思潮社オンデマンド）『岡山の詩
一〇〇年』（共著・和光出版）他

詩集 梟《ふくろう》の歌《うた》

著者 秋山基夫《あきやまもとお》

発行者 知念明子

発行所 七月堂

東京都世田谷区松原二－二六－六

電話 〇三（三三二五）五七一七

FAX 〇三（三三二五）五七三一

印刷 モリモト印刷株式会社

製本 加藤製本株式会社

発行日 二〇二一年八月三十日

ブックデザイン 則武弥（ペーパーバック）

ISBN 978-4-87944-462-2 C0092 ¥2500E